AF381511

Analyse de l'œuvre

Par Natalia Torres Behar

La Divine Comédie

de Dante Alighieri

Rendez-vous sur
lepetitlitteraire.fr
et découvrez :

Plus de 1200 analyses
Claires et synthétiques
Téléchargeables en 30 secondes
À imprimer chez soi

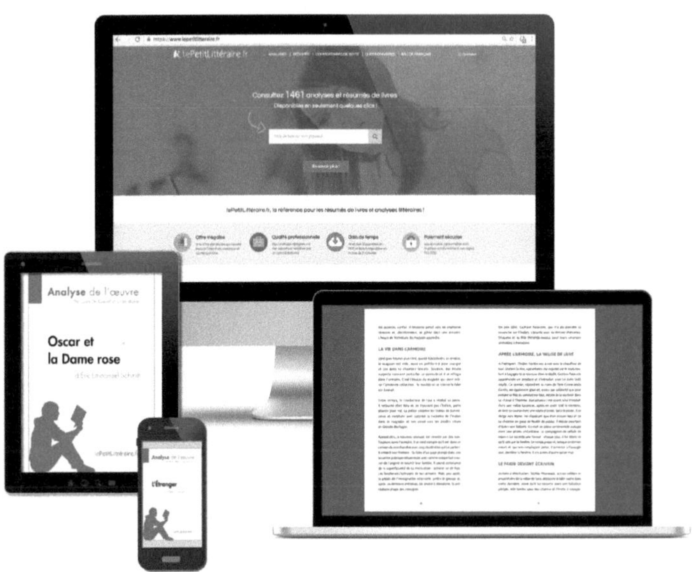

DANTE ALIGHIERI

POLITIQUE, RELIGION ET LITTÉRATURE

- **Né en 1265 à Florence (Italie)**
- **Décédé en 1321 à Ravenne (Italie)**
- **Quelques-unes de ses œuvres :**
  - *De vulgari eloquentia*
  - *Il Convivion*
  - *Vita Nuova*

Dante nait dans une famille aisée qui occupe le devant de la scène politique florentine. Son père, Alighiero di Bellincione, est un guelfe blanc ; il soutient le pape et ses politiques et s'oppose aux gibelins, partisans de l'empereur du Saint-Empire romain germanique. La politique, pour Dante, est essentielle : il se bat aux côtés de la cavalerie des guelfes lors de la bataille de Campaldino et occupe pendant plusieurs années un poste dans l'administration de la ville de Florence.

À l'âge de neuf ans, Dante tombe amoureux de Beatrice Portinari, sans même lui adresser un mot. Celle-ci lui sert d'inspiration pour les œuvres *Vita Nuova* et la *Divine Comédie*, surtout après son décès en 1290.

Les combats politiques de Dante l'obligent à s'exiler, d'abord pendant deux ans et ensuite, définitivement. Cette situation est d'ailleurs l'un des thèmes principaux de la *Divine Comédie*. La distance lui permet de créer cette œuvre monumentale d'une ampleur jamais vue à Florence. Un an avant sa mort, sans doute causée par la malaria qu'il contracte lors de l'un de ses voyages, il achève d'écrire Le Paradis, déçu par la politique.

LA DIVINE COMÉDIE

LA FIN DU MOYEN ÂGE

- **Genre** : poésie narrative
- **Édition de référence** : *La Divine Comédie*, Paris, Hachette, 1858, 398 p.
- **Première édition** : le manuscrit original n'a pas été sauvé. Il fut rédigé entre 1308 et 1320.
- **Thèmes** : amour courtois, histoire de la littérature, religion, architecture et ville, islam, Dante, commérage et peuple, art et musique de la *Divine Comédie*

En plus de démocratiser la langue italienne en la répandant dans tout le pays, la *Divine Comédie* définit un imaginaire autour de la religion. En effet, jusqu'à l'écriture de ce livre, l'enfer n'avait jamais fait l'objet d'une vraie description. Avec l'aide d'évangiles apocryphes, Dante donne forme à l'au-delà. De plus, il rapproche la théologie médiévale à la vie sociale en remplissant l'Enfer, le Purgatoire et le Paradis de personnages politiques et religieux. Le texte crée une architecture pour chacun des trois espaces : l'Enfer est chaotique, le Purgatoire rempli d'œuvres d'art et le Paradis consiste en un lieu éthéré.

La *Divine Comédie* suit un Dante confus qui pénètre dans l'Enfer, le Purgatoire et le Paradis guidé par Virgile, poète romain. Le chemin de Dante est une métaphore de l'amour ; c'est Beatrice, son amante décédée et sa sauveuse spirituelle, qui l'emmène au Paradis. Mais c'est également un récit politique car Dante choisit de condamner ou de sauver les personnes qu'il connait, des personnages notables de son époque. Dans cette mesure, le livre est moderne et basé sur le commérage.

L'œuvre de Dante marque la fin du Moyen Âge et le début de la Renaissance. Du premier, on retient la vision religieuse de l'amour et du monde ; du second, on remarque l'importance de l'intérêt pour l'Homme. L'architecture du livre est liée à la religion : les châtiments et récompenses de Dieu sont appliqués aux êtres humains ordinaires. Le commérage de l'époque y est également fondamental.

RÉSUMÉ

TROIS BÊTES FÉROCES

Dante, effrayé, apparait dans une forêt obscure. Un lynx, un lion et une louve le pourchassent. Il fuit et tombe sur Virgile, son maitre, qui le calme ; il deviendra son guide. Virgile se présente comme l'envoyé de Beatrice, son amante. Les voyageurs descendent vers l'Enfer. Dans le Vestibule se trouvent les Indolents, condamnés à se faire persécuter par d'énormes insectes jusqu'à l'Achéron.

LE FLEUVE DE L'ACHÉRON ET LE TREMBLEMENT DE TERRE EN ENFER

En traversant l'Achéron, Dante arrive dans les limbes, le premier cercle de l'Enfer. Là, se trouvent les baptisés qui souffrent. Les poètes classiques comme Virgile, lui-même, sont punis : ils ont vécu dans le bien mais n'ont pas reconnu le Christ. Certains des condamnés, comme Moïse, sont emmenés au Paradis par le Christ, qui descend de l'Enfer avant la résurrection et provoque un tremblement de terre.

Dans le deuxième cercle, Minos juge les luxurieux, emportés par une tempête. On retrouve dans ce cercle Paolo et Francesca.

Le troisième cercle comprend les gourmands. Ils sont étendus dans la boue sous la grêle et battus par Cerbère, le gardien.

Les avares et prodigues forment le quatrième cercle, trainant de lourds rochers.

Le cinquième cercle est un marécage qui alimente le fleuve Styx. Les pécheurs qui se sont laissés vaincre par la colère sont immergés dans le Styx et se flagellent. Les paresseux, eux, sont enfouis sous la boue.

Dans le sixième cercle se dresse la cité de Dité, une métropole démoniaque. Les hérétiques y sont enfermés dans des tombeaux en feu.

LE GARDIEN MINOTAURE ET LES FLEUVES DE SANG EN ÉBULLITION

Le Minotaure, créature mythologique au corps humain et à la tête de taureau, garde le septième cercle. Celui-ci est divisé en trois « girons » où l'on punit la violence : le premier châtie les homicides, dont les condamnés sont plongés dans le Phlégéthon (fleuve de sang bouillant) et percés de flèches par les centaures s'ils tentent d'en sortir ; le deuxième comprend les violents contre eux-mêmes, soit, les suicidés, dont les corps sont transformés en arbres ; le troisième, quant à lui, est occupé par ceux ayant commis des actes violents contre Dieu, la nature et l'art ; une pluie brulante s'abat sur eux en continu.

Le huitième cercle est divisé en « bolges » (fossés) où sont punis les tricheurs. Dans le premier fossé, on trouve les ruffians et les séducteurs, fouettés par des démons. Dans le deuxième se pressent les flatteurs et les adulateurs, qui sont plongés dans des excréments. Le troisième fossé comprend les simoniaques, les pécheurs qui ont vendu des faveurs (des charges ecclésiastiques, des secours) ; ils sont jetés dans des fosses et des flammes brulent leurs pieds. Les devins et les sorciers, eux, ont un torticolis et marchent à l'envers pour l'éternité. Les concussionnaires et prévaricateurs se trouvent dans le cinquième fossé, plongés dans une poix bouillante. Ceux qui essaient d'en sortir sont repoussés par les troupes des démons. Dans le sixième sont punis les hypocrites, qui sont condamnés à porter une tunique au dehors doré mais à l'intérieur de plomb. Les voleurs occupent le septième, rempli de serpents. Ils ont les mains liées par des serpents qui les mordent jusqu'aux reins. Le huitième fossé déborde de langues de feu qui punissent les conseillers et fraudeurs. C'est là que Dante rencontre Ulysse et l'interroge sur ce qu'il s'est passé après la guerre de Troie. Ulysse lui répond qu'il est sorti pour naviguer mais qu'il s'est perdu, qu'il s'est retrouvé devant une gigantesque montagne, le Purgatoire, et qu'un vent fort l'a ensuite emporté vers le large. Le neuvième fossé punit les semeurs de scandales et de schisme : les démons démembrent leurs corps puis suturent les blessures. Dans le dixième fossé se trouvent les alchimistes, ils souffrent de maladies qui les déforment.

LE COMTE CANNIBALE ET LUCIFER, L'ANGE DÉCHU

Le neuvième cercle, séparé par une fosse, accueille les traîtres. Le cercle consiste en un lac gelé, du nom de Cocyte et est divisé en quatre enceintes.

La première s'appelle Caïnie. Elle punit ceux qui ont trahi leurs proches en les plongeant dans la glace jusqu'au cou, la tête en bas.

Les traitres à leur cité occupent la deuxième, l'Anténore. Ils sont aussi immergés dans la glace jusqu'au cou. Cette enceinte est célèbre car le comte Ugolin y fait son entrée, dégustant la tête d'un autre pécheur. Le comte raconte à Dante qu'il était emprisonné avec ses fils. Épuisés, ses fils l'ont poussé à les dévorer et, comme le comte Ugolin le dit, la faim a fini par dépasser sa douleur.

La troisième, Ptolémaïe, punit les traitres à leurs hôtes. Ceux-ci ont la tête renversée et leurs larmes se congèlent.

La dernière est la Judaïe. Elle est occupée par les traitres à leur bienfaiteur. Les condamnés se retrouvent ensevelis sous la glace dans différentes positions. Lucifer opère au plus profond de l'enfer. Il dispose de trois bouches qui dévorent trois traitres : la bouche centrale dévore Judas, qui a trahi Jésus et les deux autres, Brutus et Cassius, qui ont trahi César.

Dante et Virgile s'agrippent à une aile de Lucifer et sortent de l'Enfer. Après des heures de voyage, Dante aperçoit enfin les étoiles.

LA PURIFICATION DU PÉCHÉ ET LES SEPT LETTRES SUR LE FRONT

Le Purgatoire comprend sept cadres dans lesquels sont purgés les péchés capitaux. La première étape de Dante et Virgile est l'Antépurgatoire. Il accueille ceux qui se sont repentis un peu tard de leurs péchés. Dans ses rêves, Dante est aidé de sainte Lucie pour arriver jusqu'au Purgatoire. Un ange marque sur son front sept fois la lettre P qui s'effacera à mesure qu'il se repentit de ses péchés.

Les trois premières corniches expient les péchés qui touchent à la personne aimée. La première est dédiée à l'orgueil. Elle comprend un bas-relief qui donne comme exemple d'humilité l'Annonciation de l'ange Gabriel à la Vierge Marie. Les orgueilleux escaladent une côte, portant un poids lourd sur leurs épaules. Un ange efface le premier « p » du front de Dante.

La deuxième corniche purifie les envieux. Dante et Virgile écoutent des voix qui soumettent des exemples d'amour à méditer. Les pécheurs ont les paupières cousues.

La colère est expiée dans la troisième corniche. Dante a des visions où il contemple des exemples d'humilité.

RÊVES, NOURRITURE, AMOUR ET LE MUR DE FEU

Le péché purgé dans la quatrième corniche est la paresse. Comme ce sont des fainéants, les pécheurs sont condamnés à travailler sans relâche.

La corniche suivante s'occupe de l'avarice, l'amour excessif pour les biens matériels. Les avares sont étendus face contre terre sans pouvoir bouger.

La sixième corniche expie la gourmandise. Elle est remplie d'arbres desquels sortent des voix qui parlent de modération. Les gloutons ne peuvent atteindre les fruits des arbres.

La septième corniche abrite ceux qui sont coupables de luxure. Elle comprend un mur de feu que les âmes sont contraintes de traverser. En passant, elles doivent répéter des exemples de tempérance. C'est là que Virgile s'arrête : il appartient à l'Enfer et ne peut accéder au Paradis.

LE GRIFFON ET LE CARROSSE DORÉ

Dante entre au Paradis terrestre. Accompagné de Mathilde, il assiste à une procession : elle comprend quatre animaux, un char où se trouve Beatrice, un Griffon représentant le Christ, trois femmes – la Foi, la Charité et l'Espérance –, deux vieillards représentant les actes des apôtres de Saint Luc et les épitres de Saint Paul et enfin, un autre vieillard illustrant l'apocalypse.

Dante plonge dans le fleuve Léthé et oublie ses péchés. Beatrice lui prédit un futur victorieux à l'Église. Dante est prêt à monter au Paradis et ses étoiles.

L'ARRIVÉE AU CIEL ET LA SPHÈRE DE FEU MOBILE

Le Paradis est constitué de neuf cieux qui correspondent à certaines des planètes du Système solaire. Ils coïncident avec la cosmologie aristotélicienne : les astres de l'Univers sont en mouvement grâce à des corps qui les poussent. Pour Dante, ces corps sont les êtres angéliques.

Dante et Beatrice montent au Paradis dans une sphère de feu. Le premier ciel est la Lune. C'est là que se trouvent les bienveillants qui ont commis des péchés sous la contrainte. Dante voit ces âmes comme des reflets dans l'eau. Ce sont les Anges, qui se trouvent au bas de la hiérarchie angélique, qui régissent ce ciel.

Le deuxième ciel est celui de Mercure. Il abrite les âmes virtuoses qui ont cherché la célébrité terrestre et non divine. Elles semblent briller. Les Archanges – qui se trouvent également en bas de la hiérarchie – sont chargés de s'occuper de ce ciel.

Les esprits aimants occupent le troisième ciel, Vénus. Ils sont vus comme des éclairs rapides qui disparaissent quelques secondes à peine après avoir surgi.

LES SAGES ET UNE GIGANTESQUE CROIX ROUGE

Le Soleil est le ciel des sages. C'est là que l'on retrouve les Docteurs de l'Église ; les saints qui ont établi les bases du catholicisme. Ce ciel est déplacé par une classe d'intelligence supérieure : les Puissances. Les esprits y sont organisés en cercles brillants.

Dans le cinquième ciel, Mars, se trouvent les âmes de ceux qui sont morts pour la foi. Le premier martyre de l'Église est le Christ, au centre du ciel et d'une croix rouge imaginée par les âmes. Les Vertus, qui constituent le deuxième niveau de la hiérarchie céleste, sont chargées de bouger ce ciel.

Le ciel de Jupiter est celui des justes. Leurs âmes ressemblent à des lumières qui forment un verset du Livre de la sagesse et ensuite un gigantesque aigle.

Saturne accueille les esprits contemplatifs. Ils constituent des rayonnements qui montent et descendent une échelle lumineuse. Ce sont les Trônes qui s'occupent de ce ciel, les êtres au sommet de la hiérarchie.

LA VISION DE DIEU

Depuis le ciel des étoiles, Dante peut apercevoir les planètes avec clarté. Les âmes dansent autour d'une lumière qui se détache du Christ et de la Vierge Marie. Les Chérubins, également au sommet de la hiérarchie céleste, déplacent les objets de ce ciel.

Le ciel cristallin est le premier mobile. C'est là que Dante discutera de la décadence de certains anges. En montant vers l'Empyrée, Beatrice sourit comme jamais elle n'a souri.

L'Empyrée est le siège de la Vierge Marie et des anges, mais aussi de Dieu. Ce ciel ne comprend ni temps, ni espace. Parmi les cours des anges, l'on retrouve trois cercles concentriques de lumière : le Père, le Fils et le Saint Esprit. En bas, l'on aperçoit les étoiles.

STRUCTURE DE LA *DIVINE COMÉDIE*

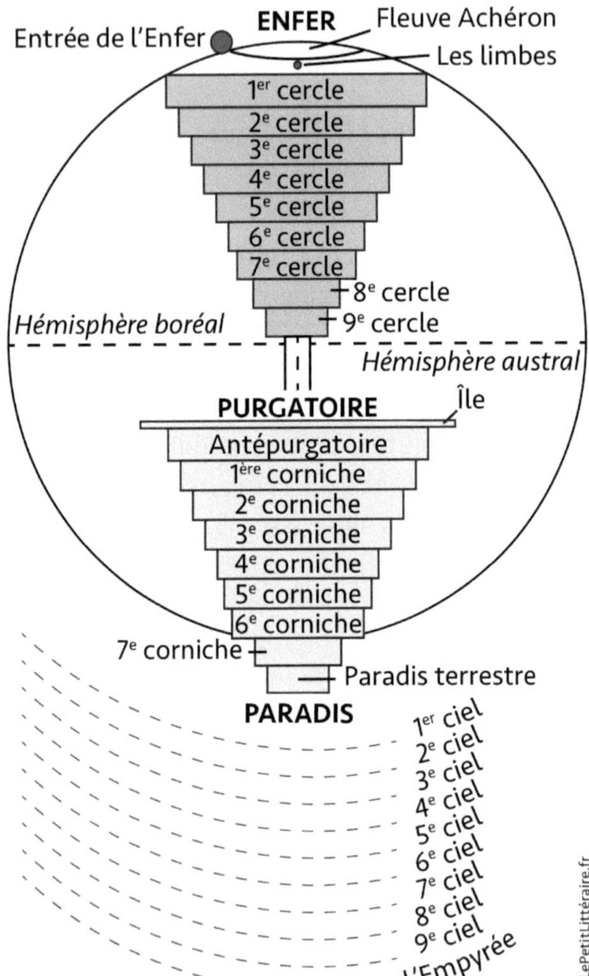

ÉTUDE DES PERSONNAGES

Il n'est pas évident d'établir une liste exhaustive des personnages de la *Divine Comédie*. Les cercles infernaux, les corniches du Purgatoire et les cieux du Paradis sont pleins de personnes de toutes les époques antérieures à Dante, de grands noms de son temps et d'hommes et femmes appartenant à la mythologie et aux textes bibliques. Dante entend peupler ces trois espaces de personnes jusqu'à troubler le lecteur : le texte est plein de villes entières, d'époques et de croyances vivantes.

Le thème et la multitude de personnages est, sans doute, ce qui confère au texte sa si grande richesse. C'est probablement la première fois que l'humain est aussi organique et varié.

DANTE

L'apparition de ce personnage nommé Dante, comme l'auteur de l'œuvre, marque le début d'une tradition biographique dans la littérature. Il ne s'agit pas seulement de construire des personnages intrigants pour le lecteur, mais aussi d'introduire l'écrivain lui-même dans l'histoire. C'est ainsi que l'œuvre de Dante constitue l'une des premières biographies de l'histoire de la littérature. Son parcours est extraordinaire : à mesure qu'il progresse dans l'Enfer, le Purgatoire et le Paradis, Dante se découvre, se construit en personnage et trouve un sens à sa vie car il donne son nom à son rôle : « Dante Alighieri ».

De plus, Dante se veut transparent en permettant au lecteur de voir ce qu'il se passe dans les espaces divins. Son importance ne réside pas spécialement dans ce qu'il dit ou ce qu'il fait, mais dans le fait qu'il permet au lecteur de découvrir et de savoir à qui il s'intéresse et à qui il parle. Dante nous fait explorer des mondes alternatifs qui nous étaient jusque-là assez inconnus. C'est une commère qui aime interroger et entrer dans l'Enfer avec les prêtres et les rois de l'époque.

Nous pouvons considérer Dante comme un auteur de guide de voyage. En effet, comme ces derniers, il souhaite que nous découvrions les lieux d'intérêts et que nous connaissions les trois espaces divins. Il nous prend par la main et ne constitue non pas un quelconque personnage, mais bien un compagnon de voyage qui marche à nos côtés. Sa voix raconte l'histoire et, de cette manière, en fait un guide de voyage.

VIRGILE

Si Dante est notre compagnon de voyage, Virgile est le sien. Il se montre toujours compatissant et résolu, prêt à aider dans l'Enfer et le Purgatoire. C'est le voyageur idéal qui n'est jamais pressé et fait toujours preuve de solidarité. Il constitue par ailleurs un pont avec l'histoire de la littérature. Dante est parfaitement conscient de tous les écrivains et penseurs qui l'ont précédé et, de ce fait, en place plusieurs dans son œuvre à la limite des espaces divins pour les honorer. Virgile, lui, est auréolé d'un honneur supplémentaire : c'est un guide qui traverse physiquement la cité de Dité et la montagne du Purgatoire, mais qui instruit également sur la cosmologie, l'histoire, la littérature et les langues. En d'autres mots, c'est quelqu'un de très intéressant avec qui discuter. Sa voix active celle de Dante et leurs discussions sont ainsi des plus passionnantes au milieu d'un long périple.

BEATRICE

Nous pourrions dire que Beatrice est le personnage principal de la *Divine Comédie*. Certains veulent lui donner une identité et une biographie, en faire une personne réelle que Dante aurait vue une ou deux fois dans sa vie. Mais ce qui rend ce personnage si important est en réalité l'imaginaire qu'il implique. L'imagination de Dante en fait une héroïne et un exemple de toute la bonté qui existe dans ce monde. Elle est liée à l'amour, mais aussi à Dieu. Même si elle fait partie d'un imaginaire céleste qui peut parfois sembler innocent, d'après Erich Auerbach et Dante lui-même, elle constitue la première preuve d'un être humain complexe, comme celui que l'on conçoit aujourd'hui, avec ses arêtes, ses diverses facettes, ses faiblesses et ses contradictions.

MAHOMET

Le rôle de Mahomet dans la *Divine Comédie* a suscité la controverse. Même s'il a été démontré que le livre s'est grandement inspiré de textes arabes, Dante considère Mahomet comme un traitre. Il le méprise et ignore presque ses suppliques. Pour l'époque et les questions sur la culture, l'insertion du prophète de l'islam dans cet ouvrage est assez intéressante. De même, il convient de noter que Dante considère d'autres penseurs et guerriers musulmans comme Avicenne et Saladin comme des bonnes personnes qu'il place même dans les limbes, espace dédié aux justes qui n'ont pas reconnu le Christ. Ces personnages ouvrent une piste de réflexion, non seulement sur l'époque du Moyen Âge mais également sur les temps modernes.

FRANCESCA ET PAOLO

Francesca et Paolo sont les amants que Dante rencontre durant son voyage en Enfer. Ils sont amants, mais également beau-frère et belle-sœur, ce qui leur a valu d'être exilés. Le frère de Paolo et époux de Francesca les assassine et le couple monte en Enfer. Dante raconte leur histoire avec émotion dans un magnifique passage qui touche les lecteurs. Paradoxalement, leur châtiment ne semble pas si terrible : ils sont condamnés à s'enlacer pour l'éternité pendant qu'une rafale les soulève du sol. Dante éprouve de la pitié et ils le remercient.

COMTE UGOLIN

L'apparition du comte Ugolin est l'une des plus importantes de la *Divine Comédie*. Son caractère macabre a inspiré de célèbres œuvres d'art et a fait l'objet de nombreuses analyses, notamment de Jorge Luis Borges. Son cannibalisme intrigue Dante et les lecteurs. L'image de la bouche du compte pleine de cheveux du pécheur qu'il est en train de dévorer est impressionnante. Ugolin est un personnage tragique qui s'avère finalement humain par sa complexité et la vision réaliste et cruelle que Dante a de lui.

CARACTÉRISTIQUES DE L'ŒUVRE

STRUCTURE : LE CASSE-TÊTE CHINOIS DE LA *DIVINE COMÉDIE*

La *Divine Comédie* est divisée en trois grandes parties : l'« Enfer », le « Purgatoire » et le « Paradis ». La première comprend 34 chants, dont le premier est considéré comme un chant introductif, tandis que les deux autres sont constituées de 33 chants chacune. Ces textes sont construits autour de la figure de la Très Sainte Trinité de l'Église catholique et du numéro trois.

Le numéro 33 qui régit les chants de chaque partie n'est pas un hasard. Les multiples de trois, par exemple, se retrouvent dans l'organisation des neuf cercles de l'Enfer, des neuf parties du Purgatoire et des neuf cieux du Paradis. De même, les vers du texte sont des hendécasyllabes, organisés en groupes de trois, où le premier et le dernier vers de la strophe riment, et le deuxième vers rime avec le premier et le troisième vers de la strophe suivante. Si l'on additionne toutes les syllabes d'un seul vers, on obtient également le numéro 33.

> « Au milieu du chemin de notre vie
> je me trouvai dans une forêt obscure
> car j'avais perdu la bonne voie.
> Hélas ! que c'est une chose rude à dire,
> combien était sauvage et âpre et épaisse cette forêt,
> dont le souvenir renouvelle mon effroi ! »
> (ALIGHIERI (D), *La Divine Comédie*, p. ?)

Ce type de vers s'appelle tercet enchainé et a été inventé par Dante lui-même pour donner à la *Divine Comédie*, en plus de ses aspects formels, un style parfait en lien avec la théologie.

D'après Carlos Alvar, en représentant la perfection de Dieu en trois personnes – le Père, le Fils et le Saint Esprit – le numéro trois est également présent pour donner une apparence parfaite à l'œuvre. Celle-ci décrit un monde où tout est possible, un microcosme qui réunit une histoire, des pensées, des souvenirs et des personnages.

Dante porte un intérêt particulier aux symboles.

Par exemple, chacune des trois grandes parties termine avec le mot « étoile » qui, selon Dante, représente le savoir, la croissance naturelle de l'homme et son ascension spirituelle. De même, si l'on additionne le numéro de tous les chants, on obtient le numéro 100, un chiffre particulier au Moyen Âge que l'on retrouve dans les textes éducatifs.

Ce que l'on retient surtout de ces formes qui reprennent les chiffres clés du Moyen Âge est le fait qu'ils correspondent en même temps à l'architecture des espaces religieux imaginés par Dante. Par exemple, les architectures de l'Enfer et du Purgatoire sont pyramidales et portent également la trace du chiffre trois. En d'autres termes, au sein de la construction des espaces se reflète la construction du langage. Ce n'est pas un hasard que Satan ait trois bouches qui engloutissent éternellement.

LANGAGE ET STYLE

La *Divine comédie* comprend plusieurs styles, ce qui est inédit pour l'époque. On retrouve la comédie et la tragédie, mais également les styles épique et poétique. Dante n'a privilégié aucun genre littéraire ; il explore toutes les facettes de la littérature. Ainsi, lorsqu'il parle des hypocrites qui sont submergés d'excréments, le langage est comique et très familier ; lorsqu'il raconte l'histoire des amants Paolo et Francesca, le style est nostalgique et passionné, comme ceux des poètes troubadours de la littérature occitane ; et lorsqu'il raconte l'histoire du comte Ugolin, la narration est sombre et théâtrale. Ces trois célèbres extraits illustrent les visages totalement distincts de la littérature.

La langue de Dante est complètement transformée par ces différents styles. Pieuse au départ, elle devient beaucoup plus populaire dans les vers ; un temps classique, elle passe ensuite à un style narratif. Les formes et le langage sont distincts de la même manière que les personnages sont organiques et multiples.

Dans cette mesure, La *Divine Comédie* devient un paradigme de l'italien. En utilisant différents registres du dialecte toscan, langue maternelle de Dante, celui-ci construit une langue standard qui sera parlée par tout un pays et une culture. De manière générale, il n'utilise pas seulement la langue correctement, mais la façonne. C'est le père d'un sens nouveau de la langue et un révolutionnaire de son époque. La majorité des textes de son temps s'écrivent en latin ; ainsi, l'introduction d'une langue vulgaire qui deviendra l'italien standard constitue une véritable expérience. L'attirance envers des formes, mots ou expressions qui ne sont pas considérés comme savants à l'époque en fait une langue vernaculaire que personne ne pouvait s'imaginer jusque-là.

L'œuvre de Dante est l'une des plus riches de la littérature en ce qui concerne la langue, mais elle l'est également dans son interprétation. Elle représente une allégorie complexe et une gigantesque métaphore. Cela veut dire que nous pouvons la lire d'un trait, en comprenant directement ce que signifient les mots, mais aussi y détecter la signification cachée que ceux-ci renferment. Par exemple, le premier passage du texte où Dante se retrouve dans une forêt obscure peut être lu de deux façons. La première est littéraire ; Dante est perdu dans une forêt sombre peuplée bêtes et la deuxième est imagée ; cette forêt représente la confusion spirituelle de Dante qui est perdu tant physiquement que dans ses pensées et son éthique.

Outre l'allégorie principale que représente l'œuvre – le voyage physique et spirituel de Dante –, l'écrivain introduit de plus petites allégories. Le char du Purgatoire, par exemple, représente l'Église d'une façon très complexe, à travers l'union de diverses représentations et symboles qui se lient et forment une seule grande signification. Les personnages comme Virgile et Beatrice représentent les vertus et les quêtes du savoir humain (Virgile, le savoir et Beatrice, la foi). Ainsi, la *Divine Comédie* n'est pas seulement une grande allégorie (laquelle est déjà assez complexe), mais constitue aussi un éventail de représentations. Par l'usage de ces sens cachés, Dante exprime tout ce qui a existé, ce qui existe et ce qui existera. Rien n'échappe à cet œil symbolique qui nous guide. En effet, dans une lettre à l'attention du politicien italien Cangrande Della Scala, Dante explique sa manière de procéder en détail. Il ne propose pas deux, mais quatre niveaux d'interprétation de son œuvre.

Il ne faut cependant pas oublier que toutes les théories complexes de Dante, le symbolisme, les allégories et les nouveaux usages ont un but qui peut toucher tous les lecteurs : raconter l'histoire de l'homme. Malgré leur complexité, les personnages ne sont pas très différents de ce à quoi le lecteur peut s'attendre d'un roman du xxe siècle. Au contraire, ils expriment une certaine contradiction qui les rend très modernes.

ANALYSE DES THÈMES ET CLÉS DE LECTURE

Tous les lecteurs de la *Divine Comédie* ont déjà entendu cet adjectif souvent utilisé au sein de groupes d'intellectuels : « dantesque ». Ce n'est pas un hasard si ce mot est entré dans le dictionnaire et que certaines personnes l'utilisent régulièrement. « Dantesque » désigne quelque chose de lugubre, non seulement parce qu'il nous effraie et nous rend malheureux, mais aussi parce qu'il désigne quelque chose de spectaculaire et d'énorme composé de toutes sortes de choses. Dans l'Enfer, il est transposable à n'importe quoi. Peut-être que l'Enfer ne nous terrifie pas parce que les châtiments sont terribles ou parce que l'on pourrait finir dans le troisième cercle si l'on dévore un morceau de gâteau, mais parce que le monde qu'a imaginé Dante est semblable au nôtre. Nos villes d'aujourd'hui ressemblent à celle de l'Enfer, avec leurs immeubles construits les uns sur les autres et leur apparence chaotique. Cet Enfer comprend tous les aspects de la vie humaine : l'exil, la religion, l'amour, la cruauté et la tristesse.

AMOUR COURTOIS

Les séries télévisées que nous regardons de nos jours se sont emparées de l'amour platonique. Vous seriez étonné de savoir à quel point nous avons appris sur l'amour grâce au Moyen Âge. Même s'il est clair que nous concevons l'amour aujourd'hui de manière différente (seule la sexualité est un élément distinct dans nos relations ce qui, pour les hommes de ce temps-là, est impensable), il existe encore un imaginaire médiéval qui présente l'amour tel qu'à la télévision. Par exemple : un amour pur et idéal qui dure toute la vie.

Attardons-nous un instant sur les poètes de Provence. La Provence est une région qui se situe au sud-est de la France et l'une des plus belles d'Europe. De là, comme s'il y avait une consonance avec un paysage de vignobles et de champs violets et jaunes, émergent des poètes plutôt habiles et l'une des premières langues vulgaires utilisée pour écrire. Qu'est-ce qui est alors si important pour ces poètes provençaux ?

Jusque-là, toute la poésie traitait de la guerre. *L'Iliade* et *L'Odyssée* avaient établi le paradigme selon lequel la poésie devait parler d'armes, de batailles, de boucliers, de navires de démolition et de flottes militaires. Mais les poètes provençaux commencent à écrire sur l'amour et l'intimité. Ils ne sont pas intéressés par la destruction mais bien par le lien qui unit des amants et par la douceur qui se retrouve dans les couples.

Dans cette mesure, les provençaux sont assez modernes. Ils ne souhaitent pas écrire les prouesses des grands hommes, mais les amours quotidiens qui occupent les cours européennes. Bien sûr, toujours de façon idéalisée. Les amours courtois qu'ils décrivent sont des amours interdits. Il s'agit très souvent d'hommes qui désirent une femme mariée sans avoir aucun contact avec elle. Pour cela, les poètes laissent place à leur imagination et les transforment en êtres idéaux et pures qui n'ont commis aucun péché.

Pour Dante, les poètes provençaux sont des maitres. La littérature italienne s'en inspire beaucoup et, dans un certain sens, poursuit la tradition de l'amour courtois et des langues vernaculaires issues du latin dans la littérature.

En effet, d'après José Antonio Trigueros dans son livre *Conceptos fundamentales de la poética teórica de Dante Alighieri*, les troubadours provençaux sont lus comme des classiques, de la même manière que nous lisons Dante et Homère.

Cet amour idéalisé, nous le retrouvons chez Dante avec Beatrice. L'image de cette dernière est liée à Dieu. Dante l'imagine comme un être parfait, magnifique et pure. En effet, à un certain moment, elle le gronde car il a péché. Toutefois, bien que la conception de Béatrice soit idéalisée, elle est aussi complexe. Les bien-aimées que l'on retrouve dans les poèmes provençaux peuvent parfois être unidimensionnels. Beatrice est complexe, change au cours de l'histoire, entretient des relations avec d'autres personnages. Bien sûr, elle reste un amour courtois dans la mesure où Dante la place sur un piédestal bien trop éloigné de ses préoccupations quotidiennes (pendant que Beatrice est au Paradis, Dante considère que son lieu naturel pour mourir doit être le Purgatoire), mais elle dégage une certaine modernité, une définition précise et complexe de ses traits.

HISTOIRE DE LA LITTÉRATURE

La *Divine Comédie* comprend tous les thèmes, tous les auteurs et tous les textes écrits jusque-là et même ceux à venir. Dans l'Enfer, nous voyons Ovide et Homère avec un visage triste ; dans le Purgatoire, des auteurs de l'époque font l'éloge de Dante pour son texte moderne, *Vita Nuova* ; dans le Paradis, Dante discute avec Saint Thomas, le plus grand philosophe du Moyen Âge.

En plus d'être une comédie, une tragédie, une pièce de théâtre, une plaisanterie et un commérage, la *Divine Comédie* est également un manuel de littérature. Pour ainsi dire, Dante intègre dans ce texte ses joueurs préférés ; c'est comme l'album du mondial de l'époque dans lequel Dante propose sa composition idéale : Ovide, Virgile, Homère, Avicenne, Horace, Saint Thomas, Lucain, Salomon, Isidore de Séville, Saint Augustin. Et, comme si ce n'était pas assez, il établit également un catalogue de personnages littéraires, bibliques et mythologiques : Énée, Électre, Hector, Minos et le Minotaure.

Ces longues listes d'écrivains et personnages est une bonne manière d'étudier l'histoire de la littérature. En les envoyant en Enfer, dans le Purgatoire et au Paradis, Dante fait une critique de leur vie et de leur littérature. Il pense, dans son œuvre, à leur donner une destinée précise. Par exemple, Borges souligne le fait qu'il donne un château aux écrivains non-catholiques ; il les sauve d'une certaine manière car ils sont « condamnés » à vie à parler de littérature sans pouvoir écrire.

Plus important encore, Dante complète ce développement de l'histoire de la littérature. Le passage où Ulysse raconte comment il est mort est une invention de Dante. Non seulement il résume l'histoire de la littérature, mais il l'étend aussi, la rendant plus riche.

RELIGION

La religion est l'un des objets de critique de la *Divine Comédie* et probablement le plus important, du moins pour certains auteurs. Le voyage de Dante se fait aux côtés d'anges et de démons, passant par les ponts de l'Enfer, les prairies du Purgatoire et les astres paradisiaques. Mais ce qu'il faut surtout retenir, c'est que le texte reprend des textes philosophiques et religieux sur la vie après la mort et les rend assez personnels.

En d'autres mots, non seulement nous nous trouvons face à la terreur qu'inspire Satan et la gloire déconcertante de Dieu, mais nous les voyons aussi placés au niveau de l'homme. Dante et les personnages à qui il parle ne peuvent que s'émerveiller ou être terrifiés du destin que la divinité leur réserve.

À cette époque, il existe déjà des textes qui parlent de ce qu'il se passe après la mort, mais Dante est le premier à remplir l'Enfer d'individus communs et de vices de rois et de prêtres que personne ne s'imagine.

ARCHITECTURE ET VILLE

L'évangile apocryphe de Nicodème est divisé en deux parties. La première est écrite du point de vue de Ponce Pilate et raconte le procès du Christ. La deuxième relate le voyage du Christ en Enfer pendant les trois jours qui ont suivi sa mort. Pendant ce voyage, il redonne vie aux hommes miséricordieux qui ont vécu avant lui : Moïse, Adam et Noé. La descente du Christ fait que les fondations de l'Enfer se vengent d'en bas.

Le tremblement de terre est dévastateur. Dante reprend l'évangile de Nicodème et décrit la destruction causée par le tremblement.

Cet évangile n'est que l'une des nombreuses sources d'inspiration de Dante pour construire l'architecture de l'Enfer, du Purgatoire et du Paradis. L'importance de cette construction est capitale. Dans le christianisme, il n'existe pas de vision générale de l'Enfer, par exemple. Dante est le premier à introduire dans l'esprit des lecteurs et des croyants des images qui, encore aujourd'hui, sont très présentes, comme dans les dessins animés, les églises ou les films.

L'image de l'Enfer comme une ville est également primordiale. Dans la *Vita Nuova*, Dante avait déjà fait des métropoles le centre de l'œuvre. La ville est un lieu où les habitants se cachent, se parlent et forment une communauté. L'Enfer connait les mêmes problèmes qu'une ville médiévale et même ceux d'une ville contemporaine. Haines et amours, destructions, polices et criminels se confondent entre les forts, les murailles et les ponts.

L'ISLAM ET DANTE

La relation controversée de Dante avec la culture musulmane a déjà été mentionnée dans cette fiche bibliographique. Palacios, un prêtre espagnol du début du XXe siècle a écrit une thèse suggérant les liens entre la *Divine Comédie* et l'islam. Elle a suscité beaucoup de controverses mais est aujourd'hui acceptée. On apprend, par exemple, que Dante s'est inspiré du *Livre de l'échelle de Mahomet* qui raconte comme ce dernier a visité l'enfer et les cieux. Les correspondances entre les deux textes sont flagrantes.

De même, le Coran contenait déjà des images du Paradis et de l'Enfer, contrairement à la Bible, qui ne décrit presque pas ces lieux. Dante se méfie de l'islam, certes, mais une grande partie de son savoir vient de la pensée arabe par le biais des écrivains espagnols et des traductions d'Avicenne et d'Averroès des textes aristotéliciens.

Toutes nos connaissances sur les sciences, la religion, l'art et l'architecture viennent-elles du monde musulman ? L'influence de ce dernier dans la *Divine Comédie* peut démentir la croyance selon laquelle les mondes oriental et occidental ont été séparés par l'intolérance. Dans certains cercles et lieux de l'Europe médiévale, les connaissances arabes sont d'une importance vitale. Encore aujourd'hui, en temps de guerres religieuses entre l'Orient et l'Occident, nous pouvons réfléchir à cet échange d'idées si fondamental.

COMMÉRAGE ET PEUPLE

Le *dolce stil novo* (« nouveau style doux »), un groupe de poètes dont fait partie Dante, est le premier à explorer l'idée selon laquelle il existe des groupes de personnes avec des histoires, des émotions, des sentiments et un langage assez riche, autres que les nobles et la royauté. Prenons par exemple le *Décaméron* de Boccace. Ce texte est construit sur base d'histoires de personnages infidèles dans leur mariage, vendeurs de babioles, obsédés par le sexe, trompeurs et vicieux. Ces thèmes sont très différents du *Poème du Cid* ou de *L'Iliade*. Si ces textes classiques présentent en protagonistes des hommes forts, intelligents, bienveillants, puissants et presque parfaits, les personnages de ce groupe de poètes italiens sont bien moins glorieux : jaloux, ordinaires, laids, corrompus, menteurs et ingénieux.

Dante n'est pas une exception. Bien sûr, il montre les qualités parfaites de Dieu et de ses cours célestes, comme celles de son amour Beatrice. Mais il montre également, presque avec dévouement et plaisir, les êtres corrompus et inférieurs : les sodomites, les criminels et les luxurieux. Peut-être sommes-nous aujourd'hui habitués à voir ce genre de personnage dans les livres et les films, mais à cette époque, c'était un geste totalement révolutionnaire.

L'ART ET LA MUSIQUE DE LA *DIVINE COMÉDIE*

L'œuvre de Dante a inspiré des artistes et des musiciens qui en ont fait leur propre interprétation. L'un de meilleurs exemples est le peintre anglais William Blake. Il a fait de la *Divine Comédie* son propre voyage à travers les mondes des morts. Au début du XXᵉ siècle, il a peint une série de tableaux représentant des scènes du voyage de Dante. La série reste aujourd'hui inachevée ; représenter toutes les étapes de cette œuvre médiévale était une tâche très difficile. Les scènes de cette série sont pleines de détails, de couleurs et de figures monstrueuses. Les peintures sont étranges, presque mystiques. Les personnages ne semblent pas entièrement humains, ils sont absorbés par leur condamnation.

Pour ce qui est de la musique, Tchaïkovski, compositeur russe du XXe siècle, a écrit un poème symphonique appelé *Francesca da Rimini*, qui rend hommage au personnage de l'Enfer qu'est Dante. La musique, puissante grâce aux instruments de percussion mais aussi calme grâce aux instruments à vent, tente d'imiter la tempête infernale qui renverse Francesca et Paolo. Verdi aussi a composé une magnifique œuvre basée sur la *Divine Comédie* : les *Quattro pezzi sacri* (« quatre pièces sacrées »). Elle retrace le parcours de l'Empyrée du Paradis de Dante. L'œuvre est interprétée par un orchestre et un chœur presque entièrement composé de femmes, tentant d'illustrer la gracilité et la luminosité du siège physique de Dieu, surtout dans la première partie, *Ave Maria*.

Plus récemment, *The Sandman* (« le marchand de sable »), une série de romans graphiques de l'Américain Neil Gaiman, s'inspire d'éléments de la *Divine Comédie* pour construire son propre Enfer, fait de rêves et de personnages étranges et dantesques. Tangerine Dream, un groupe de musique électronique, a lancé trois albums, *Enfer*, *Purgatoire* et *Paradis*, retraçant les trois grands textes de Dante. Par ailleurs, les séries télévisées *How I Met Your Mother*, *Les Soprano* et *Mad Men* font référence, de façon très diverse, à des scènes et des personnages de la *Divine Comédie*.

PISTES DE RÉFLEXION

QUELQUES QUESTIONS POUR AP-PROFONDIR SA RÉFLEXION...

- Quelles autres représentations de l'enfer souvenez-vous avoir vu à la télévision ou au cinéma ou lu dans un livre ? En quoi ressemblent-elles et se différencient-elles de l'Enfer de la *Divine Comédie* ?
- L'allégorie – différents niveaux de lecture d'un texte ou d'une image – est fondamentale dans la *Divine Comédie*. Comment imagineriez-vous une allégorie de la vie d'aujourd'hui dans les grandes villes dans lesquelles nous vivons ?
- Beatrice joue un rôle central dans la narration de la *Divine Comédie*. C'est un personnage idéalisé par l'auteur qui ne semble pas venir de la Terre mais du ciel. À une époque où les droits et le rôle social de la femme sont sans cesse revendiqués, comment considérez-vous ce personnage ? Diriez-vous que c'est un personnage féministe ou un personnage qui suit les paramètres du machisme ?

- L'écriture de la *Divine Comédie* a lieu à un moment décisif de la vie de Dante. La confusion spirituelle et politique le tourmente. Elle le contraint à quitter sa ville natale et son destin s'avère assez triste. Pensez-vous que l'écriture d'un texte puisse aider à guérir des blessures spirituelles et à apaiser la douleur ?

- Comment imaginez-vous Satan aujourd'hui ?

- L'amour courtois est-il important de nos jours ? Croyez-vous que nous idéalisions encore aujourd'hui les personnes que nous aimons ou bien que cette idéalisation n'apparaisse que dans les séries télévisées et les chansons ?

- La *Divine Comédie* fut achevée seulement un siècle et demi avant la découverte de l'Amérique, laquelle changea l'histoire de l'Europe et de toute la planète. À quel point l'œuvre aurait-elle été différente si Dante avait connu l'existence de ce nouveau continent ?

- Pourquoi pensez-vous que Dante ait donné à son titre le mot « comédie » ?

- L'art est un élément essentiel dans le Purgatoire. Les exemples de vertus et de péchés qu'expose Dante nous parviennent en sculptures et chants. Pourriez-vous donner un exemple qui corresponde au monde contemporain, avec l'Internet et les enregistrements digitaux par exemple ?

- À quels endroits de votre ville ressemblent l'Enfer, le Purgatoire et le Paradis ? Aux plages touristiques, aux cimetières, aux prisons ? Justifiez votre réponse en donnant des exemples et des arguments.

Votre avis nous intéresse ! Laissez un commentaire sur le site de votre librairie en ligne et partagez vos coups de cœur sur les réseaux sociaux !

POUR ALLER PLUS LOIN

ÉDITION DE RÉFÉRENCE

- ALIGHIERI D., *La Divine Comédie*, Paris, Hachette, 1858.

ÉTUDES DE RÉFÉRENCE

- Librairie Arcángel Rafael, *La Jerarquía Celeste*, consulté le 26 juillet 2017. http://www.arcangelrafael.com.ar/lajerarquiacelestedionisio.html

- ALVAR C., prologue de la *Divine Comédie*, de Dante Alighieri, Madrid, Alianza Editorial, 2010.

- BOASE R., *The Origin and Meaning of Courtly Love*, Manchester, Manchester University Press, 1977.

- BORGES J.L., *Sept nuits*, Mexico, Editorial Meló, 1980.

- ECO U., *Dante y el islamismo*, El Espectador, 7 mars. Consulté le 6 octobre 2015. http://www.elespectador.com/opinion/dante-y-el-islamismo-columna-548111

- ECO U., *The Aesthetics of Thomas Aquinas*, États-Unis, Harvard University Press, 1988.

- FRECCERO J., *Introduction to Inferno: Allegory*

and Autobiography, Cambridge, The Cambridge Companion to Dante, Cambridge University Press, 2005.

- GANGUI A., *La cosmología de la Divina Comedia*, Essai, Instituto de Astronomía y Física del Espacio, CONICET, Centro de Formación e Investigación en Enseñanza de las Ciencias y Departamento de Física, Faculté de Ciencias Exactas y Naturales, UBA. Consulté le 26 juillet 2017. http://arxiv.org/pdf/0806.4202.pdf

- GONZÁLEZ BLANCO E., *Evangelios apócrifos*, traduit pas E.G. Blanco, Mexique, Dirección de Publicaciones del Consejo Nacional para la Cultura y las Artes, 2010.

- MAJAD M.A., *La cultura musulmana y la Divina Comedia*, Web Islam, 10 janvier 2009. Consulté le 26 juillet 2017. http://www.webislam.com/articulos/35258-la_cultura_musulmana_y_la_divina_comedia.html

- SWABEY F., *Eleanor of Aquitaine, Courtly Love, and the Troubadours*, États-Unis, Greenwood Press, 2004.

- TRIGUEROS J.A., *Conceptos fundamentals de la poética teórica de Dante* Alighieri, Murcie, Université de Murcie, 1992.

- COLLECTIF, *La Bible de Jérusalem*

- COLLECTIF, *Le Coran*

LECTURES RECOMMANDÉES

- AUERBACH E., Dante, poète du monde terrestre (2008).

- BORGE J.L., *Neuf essais sur Dante* (1982), traduction de Françoise Rosset, coll. Arcades, Gallimard, 1987.

- PALACIOS M.A., *La escatología musulmana en la Divina Comedia*, Madrid, Imprenta de Estanislao Maestre, 1919.

SUR LEPETITLITTÉRAIRE.FR

- Guide de lecture de L'Enfer de Dante Alighieri.

Retrouvez notre offre complète sur lePetitLittéraire.fr

- des fiches de lectures
- des commentaires littéraires
- des questionnaires de lecture
- des résumés

ANOUILH
- Antigone

AUSTEN
- Orgueil et Préjugés

BALZAC
- Eugénie Grandet
- Le Père Goriot
- Illusions perdues

BARJAVEL
- La Nuit des temps

BEAUMARCHAIS
- Le Mariage de Figaro

BECKETT
- En attendant Godot

BRETON
- Nadja

CAMUS
- La Peste
- Les Justes
- L'Étranger

CARRÈRE
- Limonov

CÉLINE
- Voyage au bout de la nuit

CERVANTÈS
- Don Quichotte de la Manche

CHATEAUBRIAND
- Mémoires d'outre-tombe

CHODERLOS DE LACLOS
- Les Liaisons dangereuses

CHRÉTIEN DE TROYES
- Yvain ou le Chevalier au lion

CHRISTIE
- Dix Petits Nègres

CLAUDEL
- La Petite Fille de Monsieur Linh
- Le Rapport de Brodeck

COELHO
- L'Alchimiste

CONAN DOYLE
- Le Chien des Baskerville

DAI SIJIE
- Balzac et la Petite Tailleuse chinoise

DE GAULLE
- Mémoires de guerre III. Le Salut. 1944-1946

DE VIGAN
- No et moi

DICKER
- La Vérité sur l'affaire Harry Quebert

DIDEROT
- Supplément au Voyage de Bougainville

DUMAS
- Les Trois Mousquetaires

ÉNARD
- Parlez-leur de batailles, de rois et d'éléphants

FERRARI
- Le Sermon sur la chute de Rome

FLAUBERT
- Madame Bovary

FRANK
- Journal d'Anne Frank

FRED VARGAS
- Pars vite et reviens tard

GARY
- La Vie devant soi

GAUDÉ
- La Mort du roi Tsongor
- Le Soleil des Scorta

GAUTIER
- La Morte amoureuse
- Le Capitaine Fracasse

GAVALDA
- 35 kilos d'espoir

GIDE
- Les Faux-Monnayeurs

GIONO
- Le Grand Troupeau
- Le Hussard sur le toit

GIRAUDOUX
- La guerre de Troie n'aura pas lieu

GOLDING
- Sa Majesté des Mouches

GRIMBERT
- Un secret

HEMINGWAY
- Le Vieil Homme et la Mer

HESSEL
- Indignez-vous !

HOMÈRE
- L'Odyssée

HUGO
- Le Dernier Jour d'un condamné
- Les Misérables
- Notre-Dame de Paris

HUXLEY
- Le Meilleur des mondes

IONESCO
- Rhinocéros
- La Cantatrice chauve

JARY
- Ubu roi

JENNI
- L'Art français de la guerre

JOFFO
- Un sac de billes

KAFKA
- La Métamorphose

KEROUAC
- Sur la route

KESSEL
- Le Lion

LARSSON
- Millenium I. Les hommes qui n'aimaient pas les femmes

LE CLÉZIO
- Mondo

LEVI
- Si c'est un homme

LEVY
- Et si c'était vrai…

MAALOUF
- Léon l'Africain

MALRAUX
- La Condition humaine

MARIVAUX
- La Double Inconstance
- Le Jeu de l'amour et du hasard

MARTINEZ
- Du domaine des murmures

MAUPASSANT
- Boule de suif
- Le Horla
- Une vie

MAURIAC
- Le Nœud de vipères

MAURIAC
- Le Sagouin

MÉRIMÉE
- Tamango
- Colomba

MERLE
- La mort est mon métier

MOLIÈRE
- Le Misanthrope
- L'Avare
- Le Bourgeois gentilhomme

MONTAIGNE
- Essais

MORPURGO
- Le Roi Arthur

MUSSET
- Lorenzaccio

MUSSO
- Que serais-je sans toi ?

NOTHOMB
- Stupeur et Tremblements

ORWELL
- La Ferme des animaux
- 1984

PAGNOL
- La Gloire de mon père

PANCOL
- Les Yeux jaunes des crocodiles

PASCAL
- Pensées

PENNAC
- Au bonheur des ogres

POE
- La Chute de la maison Usher

PROUST
- Du côté de chez Swann

QUENEAU
- Zazie dans le métro

QUIGNARD
- Tous les matins du monde

RABELAIS
- Gargantua

RACINE
- Andromaque
- Britannicus
- Phèdre

ROUSSEAU
- Confessions

ROSTAND
- Cyrano de Bergerac

ROWLING
- Harry Potter à l'école des sorciers

SAINT-EXUPÉRY
- Le Petit Prince
- Vol de nuit

SARTRE
- Huis clos
- La Nausée
- Les Mouches

SCHLINK
- Le Liseur

SCHMITT
- La Part de l'autre
- Oscar et la Dame rose

SEPULVEDA
- Le Vieux qui lisait des romans d'amour

SHAKESPEARE
- Roméo et Juliette

SIMENON
- Le Chien jaune

STEEMAN
- L'Assassin habite au 21

STEINBECK
- Des souris et des hommes

STENDHAL
- Le Rouge et le Noir

STEVENSON
- L'Île au trésor

SÜSKIND
- Le Parfum

TOLSTOÏ
- Anna Karénine

TOURNIER
- Vendredi ou la Vie sauvage

TOUSSAINT
- Fuir

UHLMAN
- L'Ami retrouvé

VERNE
- Le Tour du monde en 80 jours
- Vingt mille lieues sous les mers
- Voyage au centre de la terre

VIAN
- L'Écume des jours

VOLTAIRE
- Candide

WELLS
- La Guerre des mondes

YOURCENAR
- Mémoires d'Hadrien

ZOLA
- Au bonheur des dames
- L'Assommoir
- Germinal

ZWEIG
- Le Joueur d'échecs

ISBN version numérique : 9782808003605
ISBN version papier : 9782808003612

Dépôt légal : D/2017/12603/710

Conception numérique : Primento,
le partenaire numérique des éditeurs.

Ce titre a été réalisé avec le soutien de la Fédération Wallonie-Bruxelles, Service général des Lettres et du Livre.